沒有任何題目需要隱藏

方群 著

琵琶猶抱——《沒有任何題目需要隱藏》序

莫見

《沒有任何題目需要隱藏》是方群迄今最有分量的一本詩集，不僅詩作總數超過百首，其長句的使用頻率與意象的繁複程度均更勝以往，在在都可以看出上窮碧落下黃泉的心血。表面上這是一本藏頭（隱題）詩的類型專書，但在形式承繼突破與內容刻劃經營，也都顯現方群十年磨一劍的積極與專注。

藏頭詩的歷史源遠流長，蘇東坡〈減字木蘭花鄭莊好客〉：「**鄭**莊好客，**容**我尊前先墮幘。**落**筆生風，**籍**籍聲名不負公。**高**山白早，**瑩**骨冰膚那解老。**從**此南徐，**良**夜清風月滿湖。」暗藏「**鄭容落籍，高瑩從良**」的深刻寓意，言事尚存風雅。徐渭游西湖「平湖秋月」也留下：「**平**湖一色萬頃秋，**湖**光渺渺水長流；**秋**月圓圓世間少，**月**好四時最宜秋。」的寫景佳篇。至於《水滸傳》第六十回「吳用智賺玉麒麟」中，吳用設下圈套，誘盧俊義於壁上題下「**蘆**花灘上有扁舟，**俊**傑黃昏獨自遊；**義**到盡頭原是命，**反**躬逃難必無憂」的反詩，終將其逼上梁山，也十分經典。所以不論言事、寫景、說理或敘事，這種隸屬漢字特色的鑲嵌技巧，也在詩歌藝術的漫漫長河中，展現其誘人魅力。

所謂「藏頭詩」是把幾個特定的字，依序鑲嵌句首，在符合格律的前提下，兼有形式與內容的完備，這不但是個人理念的宣示，更是寫作技巧的鍛鍊。這樣的類型設計在傳統詩歌屢見不鮮，而在現代詩歌也時有所聞，洛夫於一九九三年出版的《隱題詩》即為典型，其自述云：

> 詩，永遠是一種語言的破壞與重建，一種新形式的發現，本詩集中的四十五首「隱題詩」即是我近年來所進行探索和實驗的成果。標題本身是一句詩，或一首詩，而每個字都隱藏在詩內，若非讀者細心，很難發現其中的玄機。這決非文字

遊戲，也不是後現代主義的新花樣，因為這種形式的最高要求在於整體的有機結構。

先行的洛夫已在前樹立障礙，後繼的方群又將如何突破？其實早在二〇一七年的《邊境巡航——馬祖印象座標》「卷一：思念啟碇」，方群即有相關的實驗展現：

離開基隆在飄雨的那個夜晚
一路航向未知且遙遠的姓名
醒後聽見曙光照亮一絲鄉愁
仰望某種難以攀爬的故事
所有認識與不認識都在夢中碰撞
體溫下沉如地球垂落
季風吹拂砲彈遺失的高度
歲月碾壓逐漸彎曲成透鏡

倒數退伍如神仙穿越
登艦後還原生命的航向

該書卷一的十首全是「隱題詩」（前八首藏頭，最後兩首藏尾），而十首詩的標題相連即是詩行，也代表作者服役的心路歷程，卷名剛好就是詩題，巧妙的安排令人折服。是以在這本以「藏頭」為主要形式的詩集，也可以一窺方群在此領域的執著耕耘。

《沒有任何題目需要隱藏》共收錄隱題詩一〇四首，發表時間介於二〇一二到二〇二一前後十年間，詩作共分八卷。「卷一：神思」收錄詩作十五首，詩題多採詩化語言，取材則為日常生活的啟發，與洛夫《隱題詩》的風格相近，其中〈下午茶應該有自己的性別〉的議題取向，與時代的多元風潮緊扣相應：

下一場雨吧！
午後陽光隱匿了

茶香盤桓桌際的絮語
應允的承諾
該由誰先說？
有些幸福的歌聲，總想
自在地飛翔
己所不欲
的青春虹彩
性是什麼徵候，千萬
別說——

「卷二：紅塵」收錄詩作十二首，主要是針對時事潮流的關懷聚焦，諸如：高雄氣爆、美牛議題、寶可夢風潮、桃園機捷與新冠肺炎等，在詩人筆下皆有所回應或針砭。如「**安**心亞說出的話／**全**智賢不能明白／**容**祖兒道地的廣東唱腔，我想／**許**不了應該也不會了解」這樣以藝人姓名表現的諧謔及鑲嵌，更是笑中有淚的諷刺手法。社會議題向來是方群詩作的一大特色，而這在以形式為主的隱題系列卻也沒有缺席。

「卷三：文苑」同樣收錄詩作十二首，除了與江弱水、舒羽、李長青的酬唱，也有對創作現象的批評，以及對羅門、余光中、卡夫、岩上的悼念。其中〈送羅門安返天國〉在詩中暗藏：泰順街、海南、文昌等專屬密碼，在傳統的抒情之外，也不忘客觀理性的融入。

「卷四：寶島」和「卷五：神州」則是方群歷來費心經營的旅行系列，前者收錄島內詩作八首，後者收錄海南、福建、香港、上海、澳門、浙江與重慶的詩作十四首，這些因地寫事或即景抒情的作品，也不時展現方群靈光一閃的創意，以及對他方的憧憬嚮往。其中比較特殊的是〈在廣福國小等公車〉：

在時光的流域繼續用孤獨苦等
廣闊的思念總是期待太陽公公
福氣縈繞的雙眸凝視來往人車

國家的驕傲是你我幸福的所在
小小願望累積成無限夢想增廣
等待後的忙碌孕育了喜樂幸福
公然告白攜手愉悅的夢想天國
車輛穿梭童年頻頻回首的國小

這首詩也被印製在新北市土城區廣福國小的候車亭牆面。這是一首各行均等的豆腐干體，而藏頭是「在廣福國小等公車」，但句末也暗藏「等公車在廣福國小」的回文，這種形式與內容的配合，端賴作者在組構時的慧心巧思。

「卷六：古意」收錄詩作十六首，也是本書最富雅趣的一卷。卷中詩作均取自古典詩歌。就體裁言，古詩、樂府、近體、詞、曲樣樣均備，就時代言，則自三國、唐、宋、五代迄元。其中〈對酒當歌　人生幾何　譬如朝露　去日苦多〉和〈不薄今人愛古人　清辭麗句必為鄰　竊攀屈宋宜方駕　恐與齊梁作後塵〉都是運用「頭尾雙嵌」的技巧，而把整首詩作分別鑲嵌在每行詩作的首尾，充分作者的才氣。至於〈吹皺一池春水〉與〈小樓吹徹玉笙寒〉則分別在各行順序嵌入「吹鼓吹」、「海星」、「葡萄園」、「衛生紙」、「秋水」、「大海洋」，與「乾坤」、「現代詩」、「笠」、「創世紀」、「藍星」、「兩岸詩」等十二個臺灣詩刊（社）的名稱，其構思與文字的呼應，也暗藏作者的良苦用心。

「卷七：電影」是以《王哥柳哥遊臺灣》等十六部電影片名入詩，「卷八：風雅」則以《沒有一朵雲需要國界》等十本詩集的書名入詩，以上都是專有名詞與詩作的搭配。至於書末〈沒有任何題目需要隱藏〉，則是組合十本詩集名稱的再創作，難度自是更勝一籌。

沒有一朵雲需要國界，卻
有佛陀在貓瞳裡種下玫瑰
任意地宣告當一隻鯨魚渴望海洋
何必強調除了野薑花，沒人在家

題綱敘寫生命是悲歡相連的鐵軌
目的在最深的黑暗，你穿著光
需索的好天氣，從不為誰停留
要不然就讓整個世界停止呼吸在起跑線上
隱匿今夜妳莫要踏入我的夢境
藏不住的雨落在全世界的屋頂

總體而言，方群在這本詩集中，以超過百首的篇幅進行形式與內容的融合實驗，並在語言的衝突鍛造，尋找出種種可能的可能。除了取材的多樣，在形式安排與字詞組構也屢見創新，這些具體的成績和前賢相較，亦是不遑多讓。

新詩的出現，勇敢地打破了傳統的束縛，然而百年來未能建立相對客觀的美學準則，也造成良莠莫辨，善惡難分的窘境。「諸法皆空」的自由自在與「無法無天」恣意放肆本就界線模糊，然創作者若連語文的基本功夫也付之闕如，則作品的價值與意義又將如何判斷？外行可以開開心心地看熱鬧，但作為專業的創作者或評論者，還是得回歸文學的本質來就事論事。新詩不該是分行的劣質散文，也不該是淺薄的隨興口語，詩人必須對自我有所要求，不論是內容的探索或形式的開拓，若只是隨口賦就的率爾成篇，那多如過江之鯽的江郎才盡，也不令人意外了。

洛夫在〈自述〉中曾說：「自脫去舊詩格律的重重束縛之後，新詩從未形成基於學理的章法，才氣縱橫者筆下天馬行空，猶能自成格局，但有更多的詩人任筆為體，漫無節制，而一般效尤者便認為寫詩乃可任性而行，從不顧及語言的尊嚴。隱題詩之設限，即是針對這一缺失，強迫詩人學習如何自律，如何尊重語言對人類文化所提供的價值。只有重視語言的機能，才能跳出語言的有限性，掌握詩的無限性。」所以，「隱題詩如要寫得精彩，固然有賴作者長期培養的練字、鍛句、剪裁成篇的工夫，以及營造意象，處理建行跨句等技巧。」《隱題詩》引述李瑞騰之言：「『題』的選擇、『隱』的位置，乃至經此設限，又將如何滿足詩藝要求，特別是形式和內容的和諧統一，對詩人來說，當然是一大挑戰。」

但以實際的經驗來看，「隱題詩中的警句得以瞬間閃現，且出現的頻率頗高，主要歸功於每行固定的那個字所發生的觸媒作用。由此可見，隱題詩的整體藝術生命，完全繫於預設的標題，凡以意象精緻生動而又意蘊豐富的詩句用作標題，這首隱題詩的精彩大致可期。」經由洛夫親身的體會與實踐，也清楚闡釋了隱題詩更上層樓的訣竅。

洛夫和方群雖然都以專書證明想法的可行性，但他們應該都沒有鼓勵群眾仿效的意圖。作為一種書寫鍛鍊的可能，他們只是單純地展現自己的「練功」過程以饗同好，並表明對新詩的創作態度及能力期許。下里巴人的一唱千屬沒什麼不好，陽春白雪的曲高和寡也有它的價值，閱讀者有閱讀者的需求，創作者也有創作者的目標，但兩者頻率能否相通，往往需要一些邂逅的運氣。

整體而言，《沒有任何題目需要隱藏》並非形式與內容的妥協，而是選材角度與文字結構的創發，這不是人人必須遵從的規範，卻是從心所欲但不踰矩的決斷。詩人可以無所為，也可以無所不為，但詩人應該具備反思社會時代的能力，更應該不斷地向自己的極限挑戰。方群的這本詩集，不僅為自己近四十年的創作生涯，樹立了值得期待的高度，也為喧譁不休的臺灣現代詩壇，吟唱出眾弦俱寂後的孤獨回音。

莫見，教師匠、愛詩人、文字工作者

卷二　紅塵

卷三　文苑

卷四　寶島

卷五　神州

卷六　古意

卷八　風雅

卷一　神思

把距離走成一種思念

把記憶拉開，車
距是不能保留的遲疑
離開是再相聚的唯一理由
走馬穿梭
成人的情慾串流
一心一意
種下玫瑰含淚期待的
思考模式，是我
念念的隱喻

二〇一七年一月發表於《野薑花》19期

歌聲流淌在時光的眼眶

歌曲盤桓
聲波在空谷擺盪
流瀉的體溫
淌成飄移的癡情雲霧
在某個留駐的節點
時間挪移
光陰
的呼吸忐忑，沉甸甸的
眼神切割出
眶外破碎的昔日風景

二〇一七年一月發表於《野薑花》19期

用一壺烏龍占領生活

用力唱生命的歌
一種與驕傲討論的寂寞
壺裡的歲月醞釀，某種
烏黑的雲霧升起
龍一般的圖騰
占據遼闊的土地
領導疲憊的百姓
生生不息地
活出可以回甘的自己

二〇一七年二月發表於《葡萄園》213期

橡皮擦不去迷路的傷痕

橡膠持續生長
皮膚龜裂的舊傷，依然
擦拭歷史斑駁的手掌
不置可否的詢問，你要
去什麼地方？
迷失的陀螺，滾過
路口徘徊童年
的窄巷
傷痛終將結痂，我曾經的戀
痕

二〇一七年三月發表於《海星》23期

乘風追逐思念從未回頭

乘著奔馳的
風在雲端鼓動
追求的愛戀
逐一排列成楓紅的晚秋
思想的樹
念念不忘腳底的泥土
從開始的足跡，走向
未知的憧憬
回首飄逸
頭頂殘留的虹

二〇一七年三月發表於《海星》23期

下午茶應該有自己的性別

下一場雨吧！
午後陽光隱匿了
茶香盤桓桌際的絮語
應允的承諾
該由誰先說？
有些幸福的歌聲，總想
自在地飛翔
己所不欲
的青春虹彩

性是什麼徵候，千萬別說——

二〇一七年二月二十日發表於《聯合報》

不是我愛流浪只是我有翅膀

不能否定的
是意識形態的問題
我思故我在——
愛的語言
流行在眉目脣齒皮肉骨髓
浪漫始終冷笑
只有體溫
是記憶之外的蓬萊
我會追求，擁
有延展時空的

翅
膀，飛翔在願望的雲端……

二〇一六年十二月三十日發表於《人間福報》

我不是在醫院，就是在往天堂的路上

我站在迎風的埡口
不知不覺渡過千萬個年頭
是滄海也好，是桑田也好
在歷史滾滾的洪流波濤
醫生握緊一雙冰冷的手
院長轉身卻對我微笑點頭
，
就到這裡好嗎？
是非已許久沒人回答
在忙碌庸擾的塵俗
往來的腳步沒有自己的溫度

天亮之前，挺胸吶喊
堂堂正正面對病毒流竄
的背叛
路會無限往前方延伸，但
上帝將賜我不死之吻

二〇一七年八月發表於《葡萄園》215期

用你失聰的右耳聽海

用單調的頻率，敲
你習慣平靜的血液
失去的歲月沒有聲音
聰敏閃躲明暗冷熱
的反應
右傾的步履感覺依然沉重
耳膜澎湃振動，彷彿
聽見回音的怒吼，然而
海，其實什麼也沒說

二〇一七年九月二日發表於《中華日報》

以超音波向腫瘤宣戰

以前的壞事就算了
超越夢想得透支未來的能量
音樂在遠方響起
波浪漸次推
向沒有終極的海平線
腫脹的臟器蘊藏著
瘤的溫床，號角響起
宣示砲口以驕傲的仰角測量
戰火靜坐成無法避免的生死攸關

二〇一七年九月二日發表於《中華日報》

皮下注射止痛之後

皮相的觀察太過草率
下判斷的時機仍是懸疑
注意力集中的靜脈湧出
射向標靶的抽搐過敏
止瀉的藥劑微量迂迴，神經
痛的部份轉瞬跳躍轉移
之於你我的愛情連線狀態
後來說法是或酸或痛的彩繪預言

二〇一七年九月二日發表於《中華日報》

學習隱藏也許更接近真實

學校鏤空的圍牆上，晚風
習習吹起錯落的紙筆
隱士在鄉野走避
藏諸名山的泛黃典籍
也化成雲煙散佚
許諾繁花綻放的脣齒
更年期之後，一步步
接近墳墓
近鄉情怯的忐忑

真真假假，卻不能凝聚
實話實說的歷史命題

二〇一八年四月發表於《笠》324期

手機躺在床上不想醒來

手能搆著的地方
機會總是在牆外行走
躺平的勇氣不想一直夢遊
在這座沒有骨氣的寄生城市
床是真正習慣定居的家
上上上輩子你早就說過
不清不楚的存在很美，但
想想就算了，真實的
醒是一種沒有重量的承擔
來生的意義，不必虛偽盤算……

二〇一八年六月發表於《野薑花》25期

一支煙火燃燒就是一生

一開始就準備結束
支離破碎的吶喊
煙霧籠罩的繽紛夜晚
火光閃現窺視容顏
燃起的慾望，將
燒毀整座沉迷墮落的城
就從河岸向下游漫延，這
是世紀終極的毀滅瘟疫
一滴被眼淚感染的溫情毒素，截斷
生命苟延的流浪依附

二〇一八年七月發表於《大海洋》97期

如果夢是一條愛在春天游泳的魚

如何展開故事
果然是難以碰觸的甜蜜
夢會變身成想像的聲音，告訴你
是誰把大海攤成
一床舒服的棉被
條條大路都走向
愛的經緯與戀人擁抱
在無垠的世界，選擇
春神的魔法
天天都得下水
游

泳
的吐納細胞，有一隻
魚，微笑地睡成尾紋……

二〇二〇年十二月發表於《乾坤》97期

卷二　紅塵

安全容許　牛豬分離　強制標示　排除內臟

安心亞說出的話
全智賢不能明白
容祖兒道地的廣東唱腔，我想
許不了應該也不會了解
牛頭馬面的嚴肅說法
豬八戒笑著當成耳邊風
分辨出真假孫悟空的七十二變，悄悄
離別南海觀音的諄諄告誡
強尼戴普的演技
制伏奧蘭多布魯的淡藍眼珠
標準普爾加速運算美利堅的信用密碼，詛咒

示威百姓不敢跨越的羅斯福路
排除Makiyo酒醉之後的無影腳
除非友寄隆輝學會用國語誠懇道歉
內亂外患集中在山姆大叔瀕死的肉體，隱匿
臟腑間萊克多巴胺闖關的莫名愉悅……

註：原題〈美牛真言十六行〉

二〇一二年六月發表於《笠》289期

八一高雄氣爆日月同悲

八月的開端，似乎隱隱有詩
一定會出現，某些迷路的人
高高在上的神祇，也許不只
雄偉的凝視南方，應該還有
氣急敗壞的毒性氣體，默默
爆發一整排割裂的驚雷，然
日光下，劃開瀰漫的陰霾以
月光流淌的淚，凝鑄成真愛
同樣的血脈，用那斷筆書寫
悲傷療癒後，撫慰永恆的詩

註：原題〈隱題十行〉

二〇一四年十月發表於《乾坤》72期

我佛如來　眾生普渡

・我・不曾存在的
・佛・存在
・如・虛擬的神祇
・來・交換生死

・眾・人應該相信
・生・命的價值
・普・及於呼吸的頻率
・渡・盡化為極樂

二〇一六年三月發表於《吹鼓吹》24期

對寶可夢的追尋無止盡

對歷史的演化遊戲
寶物隱藏於四周
可惜你視而不見
夢想終將成為龐大的潮流
的的確確付出心血
追求一種簡單的
尋覓過程
無論何時何地
止於至善的
盡頭

二〇一六年十二月發表於《吹鼓吹》27期

關於教育問題是某種無解的輪迴

關門放狗
於是群眾一哄而散
教學貧瘠的思維
育養成長後的失語幽靈
問了所有長老的耳垂
題目都是無從選擇的偽裝，這
是誤會嗎？
某人微笑不語，匆匆
種下一株孱弱的菩提
無言剖開慈悲的肚腸
解構所有迷惑

的目光
輪轉芸芸眾生
迴向無量功德

二〇一六年十二月發表於《吹鼓吹》27期

朗讀如早起鳴鳥般歡唱

朗朗的陽光
讀成一地起伏的情感
如果你聆聽
早晨的旋律正迴盪
起床的號角也響亮
鳴放訊息的樂章
鳥兒天際翺翔，彷彿風
般的輕柔翅膀
歡欣地妝點永恆的夢想
唱出希望的詩樂天堂

二〇一七年三月發表於《海星》23期

用模糊親吻世界

用什麼標誌——
模型裡的人生
糊在一起的作息表
親人笑著環抱
吻過的男女老少
世上的雨雪風霜全都跨越了
界線外，某種虛擬的防禦碉堡

二〇一七年二月發表於《笠》317期

關節裡面還有關節

關閉敏感的放縱
節制即將逾越的五官，門
裡等待著
面對面的承諾
還可能
有更多祕密的，隱藏
關閉敏感的放縱
節制即將逾越的五官，以及氣息……

二〇一七年二月發表於《笠》317期

風暴前坦然面對期末考

應該會有龍捲風
　如惡魔狂暴
　　在黎明之前
也許還能這麼舒坦
　假裝，隱隱然
仰視所有的假面
誰都知道這樣不對
醉生夢死的學期
翻過嚴寒的歲末
沒火，一樣得考

二〇一七年八月三十一日發表於《人間福報》

總是被分數在午夜嚇醒

林林總總
的未來，都是
床上捆綁溫暖的棉被
生與死在此劃分
這是一波難以逃避的劫數
書在人在你在我在
從下午迂迴地蔓延到上午
沒有瞌睡蟲寄生的長夜
仍反覆驚嚇
魂飛魄散的決死清醒

二〇一七年八月三十一日發表於《人間福報》

桃園機捷試乘有感

桃花的香氣就這麼妝點春光
園林裡商議著忙碌的旅行箱
機會總留給準備好的雙腳
捷徑是通往遠方的翅膀
試煉的火焰點燃朝陽
乘風飛翔用驕傲凝望
有一條路，在不遠的前方
感受青春奔馳的力量

二〇一七年八月發表於《葡萄園》215期

新冠肺炎全球大流行造成恐慌

新年開始以前
冠冕的理由開始蔓延，自武漢
肺腑之言也無法告解
炎炎夏日的熾烈腳印
全世界都籠罩著
球形結構的謎樣病毒
大而無當的
流動在洲際間，過遲的
行動已經不能阻絕
造化隨機點選生死
成敗映照數字堆積

恐懼持續來襲
慌張瀰漫層層封鎖的凡塵

二〇二〇年十一月發表於《葡萄園》228期

卷三　文苑

防風林的外面還有

防範未然的說法
風風雨雨地漫過整座城市
林林總總光怪陸離
的陌生人
外掛偷渡的隱藏程式
面容遺失之後
還剩下的矜持，是
有些難以言喻的落寞

二〇一六年十二月發表於《吹鼓吹》27期

看江弱水吃龍蝦炒飯喝梅酒

看見閃動的熟悉身影，交會
江邊咆哮的風雲
弱點刺探著敏感神經
水一樣的歌聲，迴旋夜的狐步
吃完這些沉澱的思念
龍鱗熠熠騰空
蝦兵蟹將的簇擁
炒熱拱宸橋喧囂的夜色
飯菜在桌上的呆坐後冷了
喝下幸福的鄰人，看

梅樹掛滿春天，舒展卷軸裡
酒香濃郁的臉

二〇一七年九月發表於《吹鼓吹》30期

舒羽在旁以笑聲和眼神相隨

舒坦的狀態持續著
羽毛的舞姿
在岸邊迴旋
旁敲側擊的鼓聲
以屈原的步履
笑著離開
聲情在詩裡纏綿
和春天的曖昧
眼光迷離
神采飛揚的髮梢

相信愛
隨你們走向天涯

二〇一七年九月發表於《吹鼓吹》30期

沒有才華千萬不要寫詩

沒人委婉地告訴你
有些事絕對勉強不來
才氣半由天生（真的）
華麗的辭藻可以反覆鍛鍊
千秋之後的名冊上
萬一有點小小的漣漪
不要太過自誇
要虛心面對（真的）
寫作這檔子事，關於你所謂的
詩，其實不該被你認識……

二〇一七年十二月發表於《吹鼓吹》31期

散文都是家中瑣事

散開的蒲公英，是
文壇繽紛的點綴
都市裡閒人太多
是什麼風把你吹來？
家裡的男女老小還好吧！
中間省略若干問候
瑣碎的記憶悄悄拼貼後
事情肯定會有個了斷

二〇一七年十二月發表於《吹鼓吹》31期

讓小說隨故事即席流出

讓個路吧！
小人不可得罪
說話避免真誠
隨時隨地警醒
故人的悲劇
事情可能還沒凝結
即刻報廢的槍聲，貼著
席位上一灘訕笑的血
流不完的肥皂情節
出走亡命江湖的信徒

二〇一七年十二月發表於《吹鼓吹》31期

你我絕非站在同一陣線

你誓死維護的正義
我嗤之以鼻
絕對不可能相交的
非常時期
站立著前仆後繼盲目的群眾
在混亂的年代
同樣的是非同樣愚蠢
一心一意，以
陣亡的姿態，仰望地平
線外，無言的霾

二〇一七年十一月發表於《葡萄園》216期

同長青過三峽祖師廟

同樣的話可以再說很多遍
長年習慣絮叨卻不曾改變
青青河畔相思日夜蔓延
過去的落葉風乾成詩箋
三言兩語攪動一寸寸喘息空間
峽灣中輕舟翩翩，擺盪
祖先磐石雕琢的誓言
師道在風中向歷史盤點，映照
廟口瞽叟的低沉禱念

二〇一八年十月二十六日發表於《中華日報》

送羅門安返天國

送行的人釁集，無聲
羅列泰順街黯淡的光
門裡門外都一樣孤寂
安靜聆聽疲憊的手語
返航的風吹過大海南
天亮前你仍痴心等待
國境戍守奧義的文昌

二〇一七年八月發表於《葡萄園》215期

余光中以九十高壽辭世

余致力新詩寫作數十年
光輝是青春點染的殘影
中華文化在胸臆釀成一罈濃郁的酒
以繆思的精粹反覆發酵
九千九百九十九次的錘鍊
十足的真金在書冊展開
高聳的城牆已然築起
壽比南山的噫吁慨嘆
辭別島嶼最後一次的璀璨夕照
世間垂淚的晶瑩，默默昇華

二〇一八年四月發表於《秋水》175期

卡夫與杜文賢那日攜手離開

卡通在視頻準時開播
夫婦從街頭放閃經過
與其尋找邂逅的傷口
杜絕走私海岸的存貨
文章便攤成遙遠的粥
賢人選擇用意象點破
那天似乎什麼都沒說
日子碾壓率性的對錯
攜帶著靈魂的避難所
手搭著手你保持沉默

離去的路上坦然回眸
開心寫詩看人間風波

二〇二〇年六月發表於《吹鼓吹》41期

永遠懷念　岩上老師

永垂不朽的姿勢雕刻著
遠處烙印歲月的波折
懷抱青春的夢想舞姿
念念難忘音節鏗鏘的交錯

岩石的沉默是最簡單的堅毅
上天以星辰羅列見證
老而彌堅的背影悄悄離去
師法自然優雅的行跡

二〇二〇年十月發表於《笠》339期

卷四　寶島

在一〇一的胯下跨年

歲末的時候我們都在
倒數五四三二一
〇
這是我們彼此擁抱的唯一
理由，真的
淚水已從眼眶流到胯
下
曠男怨女的邪念，橫跨
夜色黏膩又濃稠的年

二〇一七年四月發表於《秋水》171期

迷霧裡有曙光閃現

迷失的腳步在此停駐
霧濛濛的天氣
裡，我看見
有種蓬勃初生的湧動
曙色萌發
光是一支射穿時間的箭
閃過桀驁的眉角
現身蒼穹

二〇一七年四月發表於《秋水》171期

過棲蘭見中正銅像有感

過往是雲煙聚散
棲息鳳凰或凡鳥並無差異
蘭花的香氣瀰漫山谷
見賢思齊的霧靄來來去去
中年男子的感傷總是蜿蜒
正常映現時光匍匐的道路
銅鐵澆鑄的沉澱
像是歲月不斷氾濫的谷地
有些淚水的漫步醃漬，可以
感動容顏交會的輪廓

二〇一七年十一月發表於《葡萄園》216期

在外澳尋找春天

在季節轉換的海灘
外來的遊客穿梭咖啡館
澳口破浪的桅帆航向遠方
尋覓下一座水手暫留的徬徨
找不著的藏寶圖沉沒於深淵
春神吶喊著轉動傾斜的傘
天光閃爍所有不安的隱匿，由我兌換……

二〇一八年二月發表於《葡萄園》217期

過頭城不見零雨

過去再過去
頭也不必偏移了
城市裡一名空集合的女子
不知不覺地徘徊
見與不見，都
零零落落地下起，躡著腳步的
雨

二〇一八年二月發表於《葡萄園》217期

在往花蓮的普悠瑪上寫詩

在離別的季節潛行哀傷
往復的指針一路順向跳躍搖晃
花開的剎那會有清脆的迴響，彷如
蓮的新生與死亡。即將重生
的故鄉，隱藏夢境
普普通通的平凡風光
悠然的步履，尋覓
瑪瑙無暇的記憶璀璨
上輩子遺留的宿命難以清算

寫了就繼續寫吧！留下的
詩仍舊在無法停歇的路途，踽踽獨往……

二〇二一年一月二十二日發表於《人間福報》

在往基隆的區間車裡讀詩

在起風的季節我們展翅
往北方以執著的腳步奔跑
基本的意象不必重複安置
隆起海岸層層切割
的率性港口
區域仍劃分年齡的速差
間隔的里程種植瀕危的思念
車廂瀰漫文青打卡的迴響，空氣
裡氤氳神秘的象徵緩緩爬過脊梁

讀不懂的氛圍仍搖晃眼眶，遺落的
詩，正隨興漫步潮水蜿蜒的瀏覽……

二〇二一年四月發表於《笠》342期

在廣福國小等公車

在時光的流域繼續用孤獨苦等
廣闊的思念總是期待太陽公公
福氣縈繞的雙眸凝視來往人車
國家的驕傲是你我幸福的所在
小小願望累積成無限夢想增廣
等待後的忙碌孕育了喜樂幸福
公然告白攜手愉悅的夢想天國
車輛穿梭童年頻頻回首的國小

卷五　神州

有所思，乃在大海南

有許多蜿蜒而遲緩的語言
所以愛情容易擱淺
思念是一種容易背叛的
，痼疾
乃頻頻向遠方尋覓
在心靈迫近的絢爛黃昏邊緣
大地的焦急心跳砰然躍動著
海一般婀娜搖擺的起落旋律，綿延
南國熱烈且浪漫的窈窕……

二〇一二年十二月發表於《創世紀》173期

鼓浪嶼　尋舒婷不遇

鼓起勇氣
浪花澎湃激盪的洶湧島
嶼正逐漸向熾熱的思念靠近
尋找妳有意隱藏的輕盈呼吸
舒緩但無意識的行走在
婷婷徘徊的曲折街頭
不知道妳將會在哪一個期望的轉角
遇見難以預見的，偶然……

二〇一三年一月發表於《大海洋》86期

訪香港商務印書館

訪問的任務由此展開
香江風雲正氤氳瀰漫
港口穿梭的輪渡
商旅往來頻仍
務必面對生存的苦難油墨
印象的圖騰，依舊
書冊散列青春
館藏你我流離的鄉愁

二〇一六年十二月發表於《吹鼓吹》27期

沙田河有輕艇划過憂傷

沙堡的蜃樓
田地上長出莊稼
河水漫漫，你
有夢想在等待孵化嗎？
輕聲的窸窣
艇身晃漾波紋，一道道
划出斜映的晨曦
過往仍追逐過往
憂慮的心事
傷害所有無心的期待

二〇一六年十二月發表於《吹鼓吹》27期

遊同安孔廟

遊歷的足跡將在此停留
同你行走河岸川流的春秋
安安靜靜仰望高聳的宮牆
孔夫子的訓誨傳揚四方
廟裡氤氳喋喋裊裊的線香

二〇一七年一月發表於《野薑花》19期

外文書店聽北島說詩歌

外來的風暴再次逼近
文藝復興的火炬將點燃
書本累積的智慧，看
店鋪羅列生命七彩紛呈
聽海內外呼喊交錯
北方西方南方東方
島嶼正波濤洶湧
說出的字句你反覆推敲
詩的意象如此
歌的旋律如此

二〇一七年一月發表於《野薑花》19期

虹口公園尋魯迅不遇有感

虹霓一般地消失了
口無遮攔的討伐征戰
公平正義的夢想，回首
園林裡花木扶疏
尋找瘠瘦的身影已零落
魯地的弦歌是否將再起舞？看遠方
迅速點燃一束束烈火
不肯低頭的法國梧桐，竟
遇上一群突襲思念的蕭瑟秋風

有些落寞的
感懷自己隨意崩裂的面容

二〇一七年二月發表於《華文現代詩》12期

新天地見大韓民國臨時政府舊址

新的世界將由此展開
天寬
地闊
見證風雨交橫的冰霜
大時代的角力場
韓國的命運如何寫下去？
民眾的未來該仰望何方？
國家簡單的雛型在窩居裡誕生
臨淵的渴望，馬當路旁
時光滴答成腳步的徬徨
政治的藝術在巷裡醞釀

府邸端坐繼續沉默的存檔
舊時王謝堂前的燕子，尋覓著住
址旁，無心斜掛的一抹殘陽……

二〇一七年二月發表於《華文現代詩》12期

在紅街市遇見童年

在路口盤桓，一抹
紅色圈住
街道擦身的目光
市場裡喧鬧的腸胃
遇到沉默收拾的攤商
見面的剎那，有一絲
童稚的靦靦笑容，在
年的尾端

二〇一七年三月發表於《野薑花》20期

三盞燈其實不只三盞燈

三山五岳，把
盞言歡
燈在的地方，尤
其溫暖，在圓形地
實際默數了千百次
不多不少
只是一種習慣的習慣
三年五載以來，一
盞一盞一盞又一盞的
燈，始終明亮

二〇一七年三月發表於《野薑花》20期

澳門大學新址在珠海橫琴

澳口的殘陽傾移
門外帆影來回交會波光
大大小小的卷軸
學習重溫歷史的篇章
新建的門牌，地
址是方正對齊的平坦
在一水之隔的夢土，撥弄
珠圓玉潤的
海洋神話變幻

橫列新世紀的曲譜敲響，聽琴音繞梁

二〇一七年三月發表於《野薑花》20期

過奉化尋蔣公故居有感

過往的雲煙
奉命追索昔日燦爛的榮光
化為仲夏的點滴雨珠
尋尋覓覓
蔣家曾經的風華，雖說
公道自在人心
故事背後的歷史真相
居然如此簡單
有關旅人的落寞行程
感動一路徘徊顛簸的淚水

二〇一七年六月發表於《野薑花》21期

訪越王陵論春秋遺事

訪查的路途
越過千山萬水
王者的氣度，飄搖
陵墓外的風風雨雨
論辯昔日勝敗的光輝
春花點點
秋詩篇篇
遺落的零星過往，拼湊著
事實與想像

二〇一七年六月發表於《野薑花》21期

過重慶白居易驛站有感

過往的史蹟已悄悄歸建
重重山水環繞一座城市的迷濛
慶賀的歌聲歡欣鼓舞
白晝仍是揮之不去的氤氳鄉愁
居然而然的肯定，選擇
易容面對已經陌生的自己
驛馬持續向記憶的遠方奔馳
站在滔滔江岸
有人把夢想繫在沉默的桅杆
感受紅塵無邊的飄蕩

二〇一八年六月發表於《野薑花》25期

卷六　古意

對酒當歌　人生幾何　譬如朝露　去日苦多

對面站的可是那熟悉的人
酒入愁腸陌生便不再陌生
當局者迷不願錯過者凡幾
歌曲翻轉唱遍後又能如何

譬喻的故事總會悄悄遠去
如果用想像嘗試留下昨日
朝陽昇起面對未來的痛苦
露水流逝說癡情不必太多

註：原題：曹操〈短歌行〉。

二〇一八年二月發表於《華文現代詩》16期

不薄今人愛古人　清辭麗句必為鄰
竊攀屈宋宜方駕　恐與齊梁作後塵

不再擔心的雙眼是否能看清
薄倖的思維化為蟄伏的言辭
今天是否繼續封藏凝固美麗
人間是否還鐫刻眷戀的詩句
愛情兌換的夢境徘徊，未必
古老的傳說浮沉千萬年只為
人間記憶，夜夜逡巡的芳鄰

竊盜橫行血液中流離的驚恐
攀爬連綿險峰征服的快感與

屈服的意志交錯意外的整齊
宋玉的風姿橫跨詩文的橋梁
宜室宜家是例行的祝禱工作
方向錯誤的選擇總在迷途後
駕駛指標是回首的滾滾紅塵

註：原題：杜甫〈戲為六絕句〉之五。

二〇一八年二月發表於《華文現代詩》16期

不問蒼生問鬼神（二式）

不知不覺駛離熟悉的旋律
問過那些進出迷途的風風雨雨
蒼白的意象始終沒人覆議
生疏符碼是僅有的回憶
問天問地也問莽莽四季
鬼在天堂的宮殿竊笑
神在地獄的監牢隱泣

不能再說不
面對種種無情的提問
天地蒼蒼

垂淚的先知諄諄告誡眾生
未知的恐懼可以向祖靈詢問
來的可能是飢腸轆轆的無名野鬼
或是日夜侍奉的至高真神

註：「不問蒼生問鬼神」引自：李商隱〈賈生〉。

二〇一七年八月發表於《華文現代詩》14期

舉頭望明月

舉或者不舉
頭頭是道的街頭
望向不可能實現的願望
明天是否仍有一樣的天明
月光就這樣默數了隱晦的歲月

註：「舉頭望明月」引自：李白〈靜夜思〉。

二〇一七年十月發表於《乾坤》84期

亂我心者今日之日多煩憂

穿過人間橫亙的紛亂
在鏡中，看見疲憊的我
還在跳動的心
聽不見屏息死者
漸緩的輓歌流傳至今
預言著世界末日
病毒散布之
國殤日
暗巷火拼不嫌多
開心在天堂閒逛毋須操煩
放縱往地獄遊蕩不必擔憂

註：「亂我心者今日之日多煩憂」引自：李白〈宣州謝朓樓餞別校書叔雲〉。

二〇一七年五月發表於《華文現代詩》13期

誰言寸草心　報得三春暉

誰會敲醒暗室的晨鐘，讓
言語重組解密經文
寸寸思念不能滋長
草木沉睡的謠言
心也朦朧，眼也朦朧

報紙的頭條與我無關
得失全放在記不得的保險箱
三日三夜的狂歡之後，關於
春天的音樂，全藏在餘
暉落寞的映照

註：「誰言寸草心，報得三春暉」引自：孟郊〈遊子吟〉。

二〇一七年五月發表於《華文現代詩》13期

雲淡風輕近午天

雲飄過的時候什麼都沒說
淡水的夕陽總是美得過火
風是海邊假裝頑皮的少女
輕輕把髮絲拋向湛藍天際
近岸的渡輪反覆評點波浪
午茶撥弄著貴婦的寬邊帽
天一樣遠的愛戀持續燃燒

註：「雲淡風輕近午天」引自：程顥〈偶成〉。

二〇一七年五月發表於《葡萄園》214期

橫看成嶺側成峰

橫豎就是一筆
看是非縱橫歷史
成王敗寇的鐵證鑲嵌著
嶺南氤氳的淒風苦雨，看
側面幻化鬼斧嶙峋
成就山巒的潑墨寫意，匯聚
峰頂

註：「橫看成嶺側成峰」引自：蘇軾〈題西林壁〉。

二〇一七年五月發表於《葡萄園》214期

春色滿園關不住

春天躡著腳步走進花園
色彩是隨意揮灑的妝點
滿布芳香的花花世界
園丁揮汗耕耘
關心是日夜呵護的脣吻
不停不停地詢問著
住在對面牆上的垂涎薔薇

註：「春色滿園關不住」引自：葉適〈遊小園不值〉。

二〇一七年五月發表於《葡萄園》214期

閒敲棋子落燈花

如果生命依然悠閒
門後的眼神請別用力敲
世界是一盤移動的棋
我們是沉默無言的黑白子
隨夢境悄悄墜落
等待，有人點燃一盞燈
綻放夜半赴約的曇花

註：「閒敲棋子落燈花」引自：司馬光〈有約〉。

二〇一七年五月發表於《葡萄園》214期

吹皺一池春水

吹鼓吹得用力也要會吹
海星的表皮總是有些皺
葡萄園的園丁只剩唯一
衛生紙翩然飄過噴水池
秋水潺潺流淌喚醒暮春
大海洋的眼眶溢滿淚水

註：「吹皺一池春水」引自：馮延巳〈謁金門〉。

二〇一八年一月發表於《大海洋》96期

小樓吹徹玉笙寒

乾坤朗朗至大還是至小
現代詩依然聳立在高樓
笠戴著就不怕寒風亂吹
創世紀的預言由誰貫徹
藍星早已掩埋幻化碧玉
兩岸詩合奏以琴瑟簫笙
野薑花妝點髮梢的酷寒

註：「小樓吹徹玉笙寒」引自：李璟〈攤破浣溪沙〉。

二〇一八年一月發表於《大海洋》96期

故國不堪回首月明中

故事的開始是一些殘酷閒話
國家認同爭議難免騷動
不明不白的衝突，引爆不
堪的紛亂歷史
回顧漫天煙塵
首級拋棄在屠宰場，穿透
月色窸窣的簑衣
明晃晃的刺刀，從血泊
中，緩緩升起……

註：「故國不堪回首月明中」引自：李煜〈虞美人〉。

二〇一八年一月發表於《大海洋》96期

簾捲西風，人比黃花瘦

輕擺竹簾
案前的書冊舒捲
浪跡南北東西
記憶的痕跡是呢喃的風
，
還是在等相同的人
愛戀的價值無法恆久相比
當照片隨光陰漸漸泛黃
昔日綻放繁花
彌留病後相思的清瘦

註：「簾捲西風，人比黃花瘦」引自：李清照〈醉花陰〉。

二〇一八年一月發表於《大海洋》96期

鐵心腸也愁淚滴千行

鐵打的誓言
心卻不能感化
腸胃糾結的苦辣酸甜
也無法消解嘔出的痛
愁是一個字
淚也是一個
滴滴滴滴滴的回聲
千次萬次千萬次
行走在晦暗的密林

註：「鐵心腸也愁淚滴千行」引自：馬致遠〈漢宮秋〉。

二〇一九年七月發表於《秋水》180期

青衫淚　錦字詩　總是相思

青色山巒依舊，一襲藍
衫，包裹著
淚的航道

錦繡相交
字裡行間的密語，是
詩隱藏的樣子

總有成熟的時候
是你走來，或是我回去

相遇的邊際摩擦
思念毋須落筆

註：「青衫淚，錦字詩，總是相思」引自：徐再思〈水仙子・彈唱佳人〉。

二〇一九年七月發表於《秋水》180期

卷七　電影

王哥柳哥遊臺灣

王者降臨的土地
哥哥和弟弟呆呆看著
柳樹飄搖的河岸
哥哥和弟弟呆呆看著
遊戲開始的時候
臺上的燈將瞬間打亮
灣澳喧鬧的瞳

註：一九五九年臺灣首映。

二〇一八年九月發表於《吹鼓吹》34期

龍門客棧

龍一般逶迤
門裡門外以屏氣窺視
客旅匆匆的步履交錯關隘，在
棧房的天窗，有微星偷偷綻放

註：一九六七年臺灣首映。

二〇一八年九月發表於《吹鼓吹》34期

八百壯士

八方的頭顱洶湧雲集，氤氳
百年期待的生死沸騰
壯志未酬正吟詠慨嘆，譜寫
士氣如虹的千古絕唱

註：一九七五年臺灣首映。

二〇一八年九月發表於《吹鼓吹》34期

我這樣過了一生

我開始想著
這種無聊的習慣令人厭煩，每一個人的
樣子也許不容易改變
過去不斷累積抱怨與憤懣在
了解之後
一切的一切，只是你不了解的
生活

註：一九八五年臺灣首映。

二〇一八年九月發表於《吹鼓吹》34期

黑暗之光

黑是一種無意識的承諾
暗中交易了靈魂
之乎者也的囈語總是搖頭哀嘆
光，仍照著不存在的陰影

註：一九九九年臺灣首映。

二〇一八年九月發表於《吹鼓吹》34期

海角七號

海一樣的誓言，藏在
角落的角落的角落
七天，也許還有七夜的回眸
號碼在永恆的記憶裡，剝落

註：二〇〇八年臺灣首映。

二〇一八年九月發表於《吹鼓吹》34期

動物方城市

動也不動的世界
物種必將和平相處
方方面面的考量
城裡城外的宣言，假設的
市場，轉瞬幻滅

註：二〇一六年臺灣首映。

二〇一八年六月發表於《吹鼓吹》33期

自殺突擊隊

自己的暱稱，可以
殺死無限個自己
突然發生的荒謬劇情
擊打著地球分裂的頭蓋骨，組成
隊伍凝聚的邪惡典範

註：二〇一六年臺灣首映。

二〇一八年六月發表於《吹鼓吹》33期

屍速列車

屍體行走在大街小巷，往釜山
速度是瀕臨死亡的倖存交界
列隊覓食的無意識群眾
車輛輾過追逐光明的移動

註：二〇一六年臺灣首映。

二〇一八年六月發表於《吹鼓吹》33期

你的名字

你終將憶起
的的確確交疊的平行時空
名稱共用的所有歷史
字號也交融你我想念的頻道

註：二〇一六年臺灣首映。

二〇一八年六月發表於《吹鼓吹》33期

怪獸與牠們的產地

怪事年年有
獸性大發的悲劇
與想像不到的恐怖情節，在
牠
們
的夢境反覆偷襲
產出死亡意識交疊吶喊的
地獄

註：二〇一六年臺灣首映。

二〇一八年六月發表於《吹鼓吹》33期

我和我的冠軍女兒

我的夢想正在孵化
和一切等待成熟的雞鴨牛羊瓜果蔬菜
我
的夢想正在轉化
冠蓋雲集的城市卻不能等待
軍事化的訓練必然成就一切期待的獎賞
女性出頭的紀念徽章，閃亮
兒子也可以抬頭仰望的光芒

註：二〇一七年臺灣首映。

二〇一八年六月發表於《吹鼓吹》33期

我只是個計程車司機

我們敞開大門
只能祈禱子彈別飛過
是非已經融解的土地
個別的血液紛紛匯聚整座城市
計算暴力的鏡頭，是
程度差異的zoom-in與zoom-out
車輛持續麕集戰場，吶喊
司法不是沉默沉睡的巨獸
機會將顯像歷史的恩怨情仇

註：二〇一七年臺灣首映。

二〇一八年六月發表於《吹鼓吹》33期

老師你會不會回來

老是這樣的故事搬演著
師長們不是流浪就是流淚
你相信也好，不信也罷
會就是會
不會就是不會
會不會的猜測沒有太大的意義
回鄉的遊子你們知道，愛
來過就好

註：二〇一七年臺灣首映。

二〇一八年六月發表於《吹鼓吹》33期

大佛普拉斯

大千世界的異相本就無奇不有
佛法無邊醞釀肚腹亙古的回聲
普渡眾生是宵夜後酗酒的習慣
拉拉雜雜的過客隨意留下幾批
斯文掃地兌換神魔交替的政客

註：二〇一七年臺灣首映。

二〇一八年六月發表於《吹鼓吹》33期

血觀音

血流如注地
觀察這個瀕臨死亡的彌留社會，一切
音容宛在

註：二〇一七年臺灣首映。

二〇一八年六月發表於《吹鼓吹》33期

卷八 風雅

沒有一朵雲需要國界

沒什麼好說的
有沒有都可以
一生火化後的縹緲靈魂，寄託
朵朵纏綿的霧靄翩然飄過
雲要去何方呢？
需求是一張隱形的地圖，真的
要不要只是形式——
國家的結構如此，生死的
界碑，也如此矗立

◎詩題出自：白靈《沒有一朵雲需要國界》（臺北市：書林，一九九三・〇八）。

二〇一八年五月發表於《華文現代詩》17期

佛陀在貓瞳裡種下玫瑰

我是佛
也是變形的頭陀
所有人世因果都在
午後，幻化成一隻蹲伏的貓
用心直視琉璃雙瞳
敲開骨髓裡
孕育貪嗔愛欲的種
在三十三天的仰視之下
綻開空靈無色的玫
瑰

◎詩題出自：江文瑜《佛陀在貓瞳裡種下玫瑰》（新北市：遠景，二〇一六・〇五）

二〇一八年五月發表於《華文現代詩》17期

除了野薑花，沒人在家

除去旁人，生命
了無牽掛
野外的浪子，以
薑的堅韌
花光口袋裡的零散愛戀
，
沒有信任也是一種簡單的信任
人是如此尷尬的筆畫，隱藏
在歷史的縫隙掙扎，所謂的
家，是鑲嵌頭顱的恆溫壁畫

◎詩題出自：李進文《除了野薑花，沒人在家》（臺北市：九歌，二〇〇八・〇二）

二〇一八年五月發表於《華文現代詩》17期

當一隻鯨魚渴望海洋

正正當當
你是萬中選一
的那隻
浮浮潛潛的鯨
也是勇敢吐納世界的魚
在巡弋的旅程遺忘飢渴
深切地以回音盼望
有一方小小的私密的海
在無垠的汪洋

◎詩題出自：許悔之《當一隻鯨魚渴望海洋》（臺北市：時報文化，一九九七・十二）

二〇一八年五月發表於《華文現代詩》17期

整個世界停止呼吸在起跑線上

整體的問題優先處理
個別的存在毋須考慮
世風日下的靡爛社會
界限是一筆勾銷的銀行存款
停歇的聲音黏在手指，按著
止於至善的最高樓層
呼出的廢氣，旋又
吸進藏汙納垢的皮囊
在或者不在（我知道）
起始的槍聲從不曾響起，那段
跑不完的夢境馬拉松，瞄準

線一直一直一直延伸著……
上帝最溫柔的詛咒

◎詩題出自：羅門《整個世界停止呼吸在起跑線上》（臺北市：光復，一九八八．〇四）

二〇一八年五月發表於《葡萄園》218期

好天氣，從不為誰停留

活著就好
過了昨天今天就是明天
生或不生都是一口虛無的氣
，
愛不是無償的隨從
縱然你從不說不
相信可以找到一個理由，為
什麼，或是為誰
卻不願這樣匆匆喊停
讓自己的夢，為現實殘留

◎詩題出自：顧蕙倩《好天氣，從不為誰停留》（新北市：景深空間，二〇一四・〇九）

二〇一八年五月發表於《葡萄園》218期

在最深的黑暗，你穿著光

在你的眼角有淚，是
最深的創傷，一刀砍出
深可見骨
的裂口
黑中有洶湧的血
暗地裡寫著撒旦的暱稱
，
你是可以相信的使徒
穿過整座受洗城市的大街小巷
著色的彩玻璃將碎裂，一道
光，收斂經文解構的聖堂

◎詩題出自：黃克全《在最深的黑暗，你穿著光》（臺北市：漢藝色研，二〇一一．〇七）

二〇一八年五月發表於《葡萄園》218期

生命是悲歡相連的鐵軌

這是僅有的餘生
所有走過的路都是既定的命
這是
相思的無奈苦悲
還是，短暫的魚水之歡
事實是很難面對的真相
所有訊息串連
或真或假的
用眼神鍛造默然的鋼鐵
在你我加速仳離的併行雙軌

◎詩題出自：方明《生命是悲歡相連的鐵軌》（臺北市：創世紀，二〇〇三・〇八）

二〇一八年五月發表於《葡萄園》218期

今夜妳莫要踏入我的夢境

今宵霜寒霧重
夜色籠罩小徑的水聲
妳的眼神沉凝，切
莫應答輕佻的歌謠
要是風從後院逐一吹起
踏進鞋印靜謐的沙漏，點綴
入門旋轉的螺紋
我的音符可以分割黏合，如情緒
的張弛鬆緊，撒開
夢土繽紛的花叢，奧祕
境界，由鏤空意識鑲嵌加工

◎詩題出自：黃智溶《今夜妳莫要踏入我的夢境》（臺北市：光復，一九八八・〇四）

二〇一八年八月發表於《葡萄園》219期

雨落在全世界的屋頂

最後的一場雨
仍從預期的角度飄落
該在與不該在朋友都在
這樣的設想範圍相對周全
穿過記憶最窄的更新世
轉身跳脫三界
無奈輪迴的
白色小屋
你會看見，我斷愛駐足的峰頂

◎詩題出自：陳家帶《雨落在全世界的屋頂》（臺北市：東林，一九八〇．〇五）

二〇一八年八月發表於《葡萄園》219期

沒有任何題目需要隱藏

沒有一朵雲需要國界，卻
有佛陀在貓瞳裡種下玫瑰
任意地宣告當一隻鯨魚渴望海洋
何必強調除了野薑花，沒人在家
題綱敘寫生命是悲歡相連的鐵軌
目的在最深的黑暗，你穿著光
需索的好天氣，從不為誰停留
要不然就讓整個世界停止呼吸在起跑線上
隱匿今夜妳莫要踏入我的夢境
藏不住的雨落在全世界的屋頂

註：前列十行詩作依序分別嵌入下列十冊詩集之書名。

白　靈，《沒有一朵雲需要國界》（臺北市：書林，一九九三・〇八）

江文瑜，《佛陀在貓瞳裡種下玫瑰》（新北市：遠景，二〇一六・〇五）

許悔之，《當一隻鯨魚渴望海洋》（臺北市：時報文化，一九九七・十二）

李進文，《除了野薑花，沒人在家》（臺北市：九歌，二〇〇八・〇二）

方　明，《生命是悲歡相連的鐵軌》（臺北市：創世紀，二〇〇三・〇八）

黃克全，《在最深的黑暗，你穿著光》（臺北市：漢藝色研，二〇一一・〇七）

顧蕙倩，《好天氣，從不為誰停留》（新北市：景深空間，二〇一四・〇九）

羅　門，《整個世界停止呼吸在起跑線上》（臺北市：光復，一九八八・〇四）

黃智溶，《今夜妳莫要踏入我的夢境》（臺北市：光復，一九八八・〇四）

陳家帶，《雨落在全世界的屋頂》（臺北市：東林，一九八〇・〇五）

PG2673　秀詩人94

沒有任何題目需要隱藏

作　　者／方　群
責任編輯／孟人玉
圖文排版／黃莉珊
封面設計／劉肇昇

發 行 人／宋政坤
法律顧問／毛國樑　律師
出版發行／秀威資訊科技股份有限公司
114台北市內湖區瑞光路76巷65號1樓
電話：+886-2-2796-3638　傳真：+886-2-2796-1377
http://www.showwe.com.tw
劃撥帳號／19563868　戶名：秀威資訊科技股份有限公司
讀者服務信箱：service@showwe.com.tw
展售門市／國家書店（松江門市）
104台北市中山區松江路209號1樓
電話：+886-2-2518-0207　傳真：+886-2-2518-0778
網路訂購／秀威網路書店：https://store.showwe.tw
國家網路書店：https://www.govbooks.com.tw

2021年11月　BOD一版
定價：240元
本著作由台北市文化局補助出版

國家圖書館出版品預行編目

沒有任何題目需要隱藏 / 方群著. -- 一版. -- 臺
北市 : 秀威資訊科技股份有限公司, 2021.11
面； 公分. -- (秀詩人 ; 94)
BOD版
ISBN 978-986-326-990-8(平裝)

863.51 110015847